KB120431

사랑의 샘터에서

박성준 시집

사랑의 샘터에서

초판 1쇄 인쇄일 2017년 3월 16일
초판 1쇄 발행일 2017년 3월 24일

지은이 박성준
펴낸이 양옥매
디자인 남다희
교 정 조준경

펴낸곳 도서출판 책과나무
출판등록 제2012-000376
주소 서울특별시 마포구 방울내로 79 이노빌딩 302호
대표전화 02.372.1537 **팩스** 02.372.1538
이메일 booknamu2007@naver.com
홈페이지 www.booknamu.com
ISBN 979-11-5776-411-2(03810)

이 도서의 국립중앙도서관 출판시도서목록(CIP)은 서지정보유통지원 시스템 홈페이지(http://seoji.nl.go.kr)와 국가자료공동목록시스템 (http://www.nl.go.kr/kolisnet)에서 이용하실 수 있습니다.
(CIP제어번호 : CIP2017006654)

박성준 시집

사랑의 샘터에서

책과나무

창을 열며

한동안 죽은 듯 말없이 깊은 생각에 빠졌다.
끝없이 안에 둔 생각을 캐고 있었다.
그 후 느낌의 문을 열었다.
어느 때보다 창작의 집념은 치열했다.
때로는 울고 싶고 때로는 몸부림이 되기도 했다.
어찌 그 일을 다 말하랴.
서정과 감성과 절제와 지혜가 있고 느낌이 있는,
순수한 감성이 절절한 느낌과, 설렘이 한들거렸다.
그곳에 지혜와 명철이 돋길 원했다.
여운과 느낌이 많기를 원했다.

이를 위해 힘쓰며 한참 동안 아파했다.
깊은 생각이 일어 힘이 들었다.
견디며 인내했다.
깊은 생각과 느낌에 빠져들었다.

글을 쓰는 시간만큼은 무엇보다 진실하려 했다.
그 애쓴 종점에 도달했다.

정한 마음으로 문을 연다.
문을 열고 보니, 아아– 마음이 춥다.
내면을 다 연 허전함이다.
그래도 괜찮다.
다만, 나를 품어 줄 독자가 많아지면 좋겠다.

2017년 3월
치악산 가까운 땅에서
박 성 준

목 차

1 — 이상과 꿈을 놓다

찻잔에 시詩를 마시며 12
서정의 여울 13
꽃을 피우기 위해 14
순수한 느낌 15
상념 16
소망의 돛 17
하나가 된 느낌으로 18
별빛이 쏟아지는 밤이면 19
마알간 언어를 채우고 20
사랑의 소야곡 21
고향 뜰방에서 22
자연인을 꿈꾸다 24
고독 25
진한 그리움 26
생명의 빛 27
그는 28
변화 29
그럴까 30
수채화 31

2 — 사랑은 빛으로 왔다

고운 그대에게 34
화석이 된 사랑으로 35
통화 36
다만, 널 사랑하였다 37
사랑의 샘터에서 38
사랑의 입맞춤 39
오늘도 행복하리라 40
고백 41
사랑, 그 편에서 42
그대는 별로 왔다 43

사랑의 꽃 44
그대랑 가는 길은 45
부부의 도度 46
어느 날 불쑥 47
별 되는 넌 48
그날 49
그대의 웃음 같이 50
노을 51
초연의 서書 52
한갓 꽃 얘기인 53
가을보다 더 가을인 54
관악산에서 마주친 그대 55

3 사랑하는 마음으로

소박한 그리움 하나 58
서로가 이르는 길은 59
이슬 빛 사랑 60
어쩌란 말이냐 61
임이 오시는 길에는 62
내 안에 네가 있다는 것은 63
사색의 뜰에 앉아 64
만월하의 초원에서 65
초원의 꿈 66
그리움을 묻다 67
네 이름이 안에 빛날 때 68
사랑은 말로만 하는 것이 아니라서 69
거먕빛, 나의 사랑은 70
멋진 여인 71
봄날의 햇빛 72
나를 글에 놓고 73
그대를 부른다 74
사랑하는 사람아 75
그 말 때문에 76

그리움 77
결혼 78
사랑함으로 79
타오름을 위해 80
너는 알까 81
외로운 섬 82
영혼이 맑은 사람 83
연세 많은 이들을 섬기시라 84
온 몸이 타도록 85

4 – 잠든 나를 깨우고 싶다

시간의 베틀에 앉아서 88
울음을 이기며 편히 살자 89
바람이 되어서 90
그대에게 들려줄 노래가 91
인생은 풀꽃과 같다 92
열정의 삶 93
꽃잎 찌그러지다 94
새로운 길 95
도전 96
매스컴에 청함 97
걸어가고 싶은 길 98
그대여 괜찮습니다 99

5 – 자연의 품에서 느끼다

생태계가 깨지고 있다 102
눈 깜박이지 않고 103
만감, 어둠을 벗기 위한 104
개발 지역에 서서 105
나신裸身의 역사를 쓰다 106
새로운 세상을 꿈꾸며 107
자정이 넘은 시간에 108
아픔과 슬픔 109
“모”씨 사냥 110
알아야 한다 111

6 — 일상에서 얻다

시간의 문틈으로 세상을 보며 114
팔을 따던 날 115
불로 타는 보고픔 116
인생을 위하여 117
발상 전환 118
그대가 곁에 있을 때 119
생각의 깊이 120
그때 그 시절에는 121
어느 산골에 드니 122
인사를 잘해라 123
눈치, 바람에 날리며 124
촉감 125
뒤안길 126
느낌 127
숲길 128
내 삶을 딛고 걸을 때 129
자투리 시간에 130
복된 길 가도록 131
숙명적인 만남 132

하고 싶은 것
갖고 싶은 것
되고 싶은 것을 꿈이라 했다.

– J. C. A 설교 중에서

가고 싶고, 닿고 싶고, 이르고 싶은 것을
이상이라 하련다.

이상과 詩에 맑은 영혼을 담고 싶다.
하나의 느낌이 그대를 파고들도록…….

1

이상과 꿈을 놓다

찻잔에 시詩를 마시며

직설화법을 열진 않았지만
복된 삶 되게
선한 맘으로
그대의 정을 품을 때가 되었다.

언젠가는 산 쪽에 집을 짓고
텃밭을 가꾸며
자연에 둔 낭만인 양
소풍 가듯 편한 길을 가련다.

달 · 별빛 같이 환한 맘을 지펴
콩이니 팥이니
세상 사는 얘기로
산뜻한 꽃을 피우고 싶다.

진실하게 열린 맘으로
맑고 그윽한
삶다운 삶을 이루고 싶다.
소박한 생을 두고 싶다.

서정의 여울

열린 하늘에 십자수를 놓고
별빛 총총
안에 돋는 생각을 열어
사랑의 마음을 별에다 건다.

돌이켜 보니
불보라를 날리며
꽃피운 삶을 높이려
얼마나 힘겹게 애를 썼던가.

마음에 불 켜든 열정 속에
지식에 지혜를 돋운
그때 그
해변의 삶도 이러했던가.

황토빛 서정이 어린
길을 걷다가
산초 유자 바람꽃 보니
풀숲에 그림 된 옛날이 그립다.

외로웠다. 하지만 끝없이 열심을 품었다. 고요와 별과 달빛, 자연을 몸소 느끼며 걸었다. 시간의 여유를 누리면 이면의 생각이 쉽게 드러나는가 보다. 해변을 함께 걷고파 했던 사람이 생각났다. 민첩한 결단을 보내지 못한 탓에 이루지 못한 인연이었다.

꽃을 피우기 위해

맑고 곱고 귀한 삶을
절실히 품고
꽃을 피우기 위해
고뇌하며 아파도 인내하며 살련다.

기쁨 돋우듯 시詩를 쓰고
안에 서성이는
생각도 열어
삶을 틔울 복된 길을 가련다.

안에 둔 평안이 짙어져
귀한 꽃이 필 때쯤
마음도 트여
어둠을 깨듯 새로워지리라.

느낌을 높여
전무후무한 생의 언어를 품고
열린 생각을 둔
그 생명의 길을 가고 싶다.

피와 잠언으로 글을 쓰는 자는 읽히기를 바라는 것이 아니라, 암송되기를 바란다. – 니체

순수한 느낌

순수하고 선함은 들꽃 같다.
안에 돋는 느낌이
맑고 하얀
정한 땅의 샘물과 같다.

동동한 보고픔 같이
활기론 발랄함을 문 열고
살아 있음이
타는 열정의 삶이면 싶다.

차마 열지 못한
마음의 말도 글로 놓아
창밖에 풀어놓고야 조용해지는
그 길을 가고 싶다.

깜찍하고 발랄한
생각이 튄 길을 열어
부픈 기쁨인
감성이 빛날 생을 품고 싶다.

순수한 느낌을 지닌 사람에겐 호감이 가기 마련이다. 남을 힘들게 하지 않고 배려함이 있어 좋다. 그 순수함에, 발랄함이 은은히 엿보인다면 더 멋진 일! 그런 사람을 만나는 날은 가슴이 설레고 따뜻하다.

상념

스멀대는 숨결로
상쾌함이 열린 날은
꿈을 향한 생각도
짙게 기대감에 들떠 오른다.

미쁘고 다양한 생각을 품고
산 냇물에
발을 담그고 앉아
하늘 길을 열고 싶다.
돋울 기쁨을 느끼고 싶다.

꿈을 둔 내 섬 밭에
한옥을 두고
흙냄새를 맡으며
피어오른 지혜를 두고 싶다.

자연에 묻혀 날 가꿈으로
맑고 고운 삶을 누리고 싶다.
그날을 위해
오늘은 더 넉넉히 푸르고 싶다.

언제 이룰지 알 수 없지만, 지닌 꿈을 놓지 않으리라. 맘 간절하니 꼭 이루어지리라. 그때는 찾아오는 사람들을 접대하리라. 자연 속에 사는 맛. 그것을 알게 해 주리라.

소망의 돛

문명과 조화된 자연인으로
삶 속에
세상의 덫에 매임도 없는
소박함을 두고 싶다.

생각을 넓게 열고
행동은 요란하거나 모나지 않게
진실하고 따뜻하게
마냥 포근하게
정한 마음을 선히 열고 싶다.

세상의 일에 귀 기울이되
자중 또 자중
곱고 바른 환희로만 날 들리라.
거짓 없는 날갤 펴
진솔한 생의 길을 높여 가리라.

자연인은 형식, 틀, 벽이 없다.

하나가 된 느낌으로

달콤하거나
속삭임은 아닐지라도
안에 찬란한 느낌으로 여는
진실한 삶은 곱고 새롭다.

톡톡 틔는 언어의 울안에
꽃피워 가는
복된 재능에 취하여
사랑과 감사를 열고 싶다.

남다른 관심에
배어든 표정 눈짓 언행이 있어
사랑이 열리듯
마음을 활짝 열고 그댈 보련다.

더 이해하고
더 성실히 봉사하면서
열린 맘으로 단정히 그댈 보련다.
관심과 정으로
밝게 그대를 품으련다.

사랑은 참된 정신, 맑은 영혼일수록 빛난다. 존경할 수 있는 인품, 남다른 맑은 생각, 서로 키워 가는 관심과 발전된 길을 여는 자극은 곱다.

별빛이 쏟아지는 밤이면

청정한 가을날
별빛 진한 밤이면
어찌 쉬 잠을 이루랴.

밤하늘의 별이 제빛 밝혀
순결한 맑음으로
깨끗한 영혼이 되라 하는데
어찌 쉬 문을 닫으랴.

느낌과 생각도 없이
어찌 모르는 듯 눈을 감으랴.
별들 다가와
마음을 열어 놓고
목동과 스테파네트의 얘길 듣자 하는데.

별빛이 쏟아져 내리는 밤을 보려면 우선 청정한 자연 속에 있어야 한다. 공기가 오염된 곳에선 볼 수 없는 것이 별이다. 맑은 하늘과 무수히 많은 별들이 초롱초롱한 곳에 서 보면 별들이 내게 하는 말들을 들을 수 있다. 느낌으로 오는 말들이다. 쉬 잠들 수 없는 저녁. 그 밤엔 스테파네트의 별 이야기도 들을 수 있다.

마알간 언어를 채우고

삶에 정양*을 쏘아라.
촉촉이 젖은
따뜻한 감성을 채워
진실한 속성이 넘치게 하라.

소박한 마음의 밭에
환한 기쁨과
에메랄드빛 꿈을 두어
푸릇푸릇한 생기가 돋고
청정함이 풍성하면 좋겠다.

힘이 불끈 솟을 기쁨이 되게
생각을 돋우어
노력과 집념을 두어
신실한 언행을 맘껏 돋우면 싶다.

청정한 길이 열릴수록
부푼 생각 열어
맑고 환한 하늘을 보리라.
맑게 돋는 생을 품게 되리라.

* 정양: 몸과 마음을 편안하게 함.

사랑의 소야곡

그리움을 틔우고
느낌의 길로
다시 그대를 보러 간다.

마음이 깊은 곳에 이르러
생이 타는
친한 정을 둔 날은
그대의 깃발도 밝게 솟는다.

사랑과 정을 향한
진실함이 열려
생각은 더 빛을 돋우고
두근대는 기쁨도 마냥 넘친다.

가슴 뻥 트인 사랑이
그대를 새겨 안달하는 모양이다
숨 막힐 길이라도
보고픔을 두고
조용히 그댈 찾는 안타까움뿐이다.

곁에 있어도 그리운 것이 사랑이란다. 떨어져 있는 동안 더욱 그리운 것이 사랑이란다. 생각나고, 보고픈 것- 사소한 일도 연관성을 찾고 연관된 모든 것에 의미를 부여하는 마음, 그것이 사랑이란다. 널 향한 마음을 말하고 있다.

고향 뜰방에서

별난 그리움이 트여 속이 까깝하다*.
꼬불친* 맘이
냉갈* 맹기로* 스멀대며 몰랑대는 것을-
아픔과 슬픔 아닌
정에 묶인 것들이 솔찬*하다.

나를 채움이 이러코롬* 심*들 줄 몰랐다.
너나없이 가분* 뜰방*
버틸 만큼 버틴 난 더 갠딜* 수가 없다.
역부러* 나를 불러 주며
뽀짝* 다가와
째끔씩* 관심 준 이들이 아짐찬하다*.

＊ 까깝하다: 답답하고 불편하다. ＊ 꼬불친: 감춘. ＊ 냉갈: 연기. ＊ 맹기로:∼과 같이 ＊ 솔찬하다: 적지 않다. ＊ 이러코롬: 이렇게. ＊ 심: 힘. ＊ 가분: 간. 사라진. ＊ 뜰방: 뜰 안. ＊ 갠딜: 견딜. ＊ 역부러: 일부러. ＊ 뽀짝: 아주 가까이(서로 닿을 만큼). ＊ 째끔식: 조금씩. ＊ 아짐찬하다: 고맙다. 감사하다.

옹삭한* 날 위해
이무롭게* 인낙셔* 주고 보듬어 준 이들
쫄랑거려도* 좋고
찝어띠고* 너펙지* 때려도 좋았다.
우리네 말짝시로* 거시기해도 좋았다.

쓸쓸함이 온 가실은 몹쓸 계절인갑다.
요러코롬* 징하게* 엥기는*
앞선 것들이
심청 사납게 날 쏘고 흔들어 뿌는디*
어짜끄나*!
일썽 티미한* 사람 맹기로 맘을 연다.
고민한다는 건 성가신 일이다.

* 옹삭한: 생활이 매우 어려운. * 이무롭게: 편하게. 격식 없게. * 인낙셔: 일으켜. * 쫄랑거리다: 까불다. 애교부리다. * 찝어띠고: 꼬집고. * 너펙지: 엉덩이. * 말짝시로: 말 같이. * 요러코롬: 이렇게. * 징하게: 겁나게. 보기 어렵게. * 엥기다: 엉기다. * 뿌는디: 버리는데. * 어짜끄나: 어찌할까. * 티미한: 정신이 맑지 못한. 영리하지 못한.

자연인을 꿈꾸다

도시 냄새에 절어
메마름이 될 삶이 아니라
자연 속에 더 자연인
풍성함을 품는 야인이고 싶다.

육욕을 버린
복된 초자연적 삶에
순박함이 넘치는 느낌을 깔고
참되고 선함으로 살
당찬 기쁨을 놓고 싶다.

웃음이 핀 적심*이 환한 곳에
쉬 드나들 수 있는
평화로운 움막을 짓고
삽 괭이 호미로 텃밭을 가꾸고 싶다.

흙에 살고 싶다.
책을 벗한 채
진실한 정을 씨 뿌리며
생이 강한 맑음을 노래하고 싶다.

* 적심: 정성스럽고 참된 마음

고독

고독을 앓았다.
아무도 오지 않는
허하고 쓸쓸한 곳에 머물며
외진 삶에 젖었다.

그리움이 늘 가슴에 돋았다.
치울 수 없는
이 밀물진 정을 어이하라고-
열기 가득한
이 진한 보고픔을 어이하라고.

깊은 인생은
가슴 열수록 텅 비는
허한 아픔이요
독선과 아집인 쓸쓸함일까.

쉬 비틀대는 외로움
지독한 허전함에 혼자 뒹굴며
때론 새 길을 꿈꿔
왠지 하얗게 열린 쓸쓸함이 곱다.

진한 그리움

낯선 길, 이슬이 젖은 길을 가다가
한 보고픔이
뭉클한 감정으로 쉽게 열렸네.
입술 깨물어 봐도 떨림에서 벗어날 수 없어
왠지 바뀌지 않는 독한 일념뿐!

그리움이여, 제발 곁을 떠나라 하고
이젠 좀 쉬우리라 여겼네.
다시 맘을 풀려 했네.
하지만 변치 않네.

어라! 이 그리움
이 별난 게 질겁하며 내 팔짱을 끼네.
두 손을 들고
네 맘대로 하라- 결국 날 열었네.

모질지 못해 더는 뿌리칠 수가 없었네.
그리움은 생명을 여는 호흡인가?
이길 수 없어
이젠 안에 안고 웃어 보려네.

그리움도 맘대로 할 수 있는 것은 아니다. 집을 떠나 혼자 있을 때면 더욱 더하다. 견디다 못해, 「가라」 외치기도 하고 쫓으려고 애를 쓰지만, 더욱 강해지는 것이 사람을 향한 그리움인가 보다. 그래서 이젠 그리움까지도 사랑하려 한다.

생명의 빛

생각이 톡톡 튀는 상큼함으로
인정의 꽃으로
포근하게 힘 돋우며
맘 열 생기가 활짝 피면 좋겠다.

더 큰 지혜와 총명함과
통찰력과 분별력이
성실한 일에 기쁨을 주는
그 능력이 주어지면 좋겠다.

희망과 용기가 새롭게
불광불급의
열정이 넘치고 마냥
생명의 빛이 활짝 피면 좋겠다.

정말 합당한 말로 조리 있게, 기분 좋게 그리고 깔끔하게, 편안하게 말하는 사람들이 있다. 따뜻함을 품어, 지혜와 명철로 말을 짓고 유머와 위트까지 지닌 흔치 않게 만나지는 사람들이 있다. 매료되고 빠지기 마련인 말로 인하여 도전을 받을 때마다 내게도 그 능력을 소원해 보는 것이다. 노력하면 꼭 이루어지리라.

그는

그는 참 매력적인 사람이었다.
겉은 요란치 않으나
영혼은 언제나
맑은 생기와 빛으로 가득했다.

거추장스런 형식뿐 아니라
가식도 훌훌 벗고
밝은 마음으로
훨훨 날 수 있는
그만의 특별한 길을 품으려 했다.

벽 틀 형식 없는 진실을 지녀
달빛을 옷 입고
하늘 노래가 들여놓는
그 축제를 꿈꾸었다.

섬 저편 하늘에
별 뜨는 맑음을 쏘아 올리고
생을 채울
하얀 축제를 꿈꾼 것이다.

언젠가는 하나의 현실로 나타날지도 모른다. 이제 틀을 잡아 가고 있으니 또 얼마나 시간이 소요되랴. 먼 내일의 일이다. 한 꿈의 단편인 길이다.

변화

순수한 느낌이
귀한 혈맥에 넘치도록
섬세한 말로 다정하고 편하게
정을 꽃피울 때가 되었다.

오는 새날을 위하여
행복을 두고
편히 팔 벌릴 삶을 열련다.

끝없는 노력은 기쁨을 낳아
선한 영광이요
온몸 껴안는 꿈과
활기차고 넉넉한 힘이 되리라.

영혼의 휘파람 소리가 울려 퍼지는
창촉*을 따라
소원의 나라로 노를 저으련다.
갈 길을 향하여 신실한 힘을 돋우련다.

세상은 나와 함께 웃고 나와 함께 운다. "기쁨을 함께 나누면 배가되고 슬픔을 나누면 절반으로 준다." 하지만, 무엇보다도 중요한 것은 내 마음이요, 나의 생각이다. 그래서 변화를 꿈꾸고 웃자 다짐한다. 맘먹기에 달린 일이다.

* 창촉: 마음의 느낌.

그럴까

짙고 애절하게
진실로 간절히 그댈 부르면
봄맞이 갈 아씨인 양 그대가 올까.

잠긴 생각을 터뜨려
꽃인 듯 요정인 듯
가벼이 웃으며 기쁨으로 올까.

제롬과 아리사
스테파네트와 목동
로미오와 줄리엣, 도미와 아랑
그들 이야기를 나눔에 가슴이 떨릴까.
한껏 행복한 시간이 될까.

만남이 고운
선하고 예쁜 꽃으로 와서
통할 기쁨을 열면 좋겠다.
맘 밝은 사랑을 두면 좋겠다.

사람은 자신에게 관심을 보여 주는 사람에게 관심을 갖기 마련이다. 가족 간에도 그 인간관계의 힘을 빌려야 한다. 그런 마음으로 그대를 대하련다. 충분히 행복한 길을 갈 것이다.

수채화

마음으로 널 그려
삶에도 쓰는 사랑이라
은빛이 된 채로
정성을 다함이 붓끝에 머문다.

정성을 다한 일은
피 마른 고통 위에 피고
게으름에 젖음은
뼈와 살을 깎는 어둠과도 같다

잠자던 영혼은
그 깊이가 체험될수록
솟는 샘물로 곧게 흐른다.
열정으로 흐른다.

그 정성으로
환히 빛날 수채화를 그리고 싶다.

무슨 일이나 쉽게 이루는 것은 없다. 이룸은, 그만큼 애쓰고 노력하고 피땀 흘린 결과물인 것이다. 루스벨트 대통령은 정비공과의 약속이 정해진 전날에 그와의 대화로-서로 통하기 위해-관련 서적을 읽고 준비하고 연습했다 하며, 미켈란젤로는 그 유명한 모세상의 조각 그림을 마친 후, "넌 왜 말하지 않느냐?" 화가 나 발등을 끌로 그었다지 않던가? 그 집념, 그 정신들이 그들을 유명하게 만든 것이리라. 그런 정성으로, 그 마음으로 인생을 살고 싶다.

문을 여는 詩다. 사랑으로 가는-.
알자! 사랑은 주는 것이다.
봉사하고 희생하며 존경하고 돕는 일이다.
서로가 주는 마음과 사랑이 있을 때 행복이 있다.
기쁨과 즐거움이 있다.
이를 위해, 아무것도 욕심을 부림 없이 자연스러운 맘으로
편안한 마음가짐이 중요하다.
마음을 열고 생각해 보자. 느끼고 깨닫는 만큼 난 그것을 알 수 있다.
그때에 사랑은 빛으로 온다.
즐거움과 평안과 행복을 지니면 좋겠다.
그 삶을 살면 좋겠다.

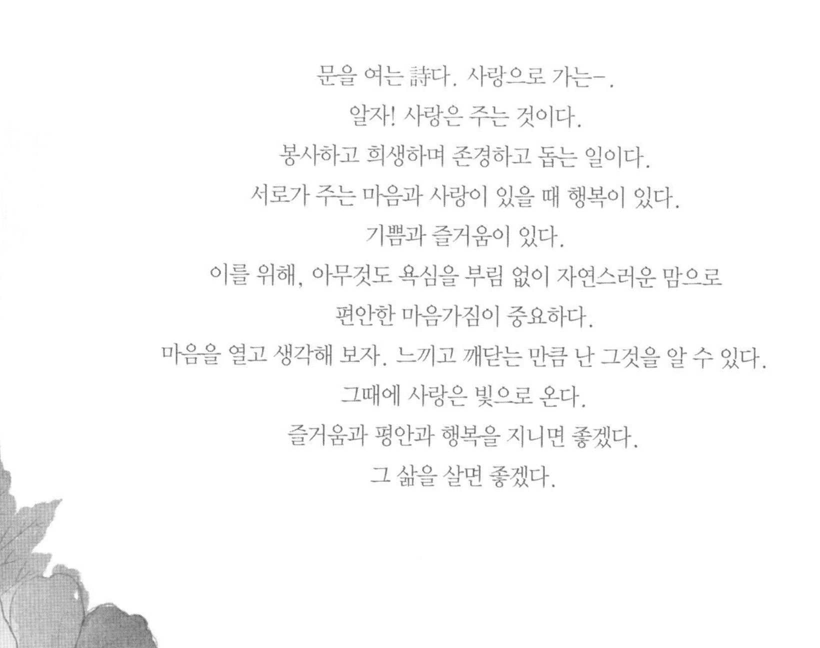

2

사랑은 빛으로 왔다

고운 그대에게

백야의 달빛이 자옥한
들길이나 언덕이나 해변을
숨결을 느끼듯 편히 가고 싶다.

애틋한 관심과 섬세한 배려로
기쁨이나 눈물이나
그댈 알고 느낄 삶마다
환히 꽃피울 역사를 두고 싶다.

득 없는 다툼은 꺾고
하늘 우러러 늘 손을 내밀도록
까칠함은 차분히 접고 싶다.

삶을 꽃피워 온
그대가 내 안에 가득한 때문이다.
영혼이 통함으로 편한 길이 열려
고요하고 따뜻함을 안에 품기 때문이다.

부부란 언제나 믿음과 신뢰를 바탕으로 사랑을 키운다. 진실해야 하고 서로 간 거짓이나 비밀이 없어야 한다. 하늘을 우러러 한 점 부끄럼이 없도록 눈물로 기도해야 한다. 무조건 맞추고, 양보하고 합의점을 찾아가련다. 가장 가깝고 가장 흉허물 없는 사이가 되고 싶다. 믿음 안에 부끄러움이 없도록 오직 사랑으로 하나 된 부부가 되고 싶다. 부부간에는 최소한의 예의가 필요하다. 그것이 또한, 지혜자의 길이요. 덕의 원천이다.

화석이 된 사랑으로

눈멀어 장님이나 된 듯
이 세상엔
그대뿐이라 생각했다.

그 무엇보다 강한
새김인 듯
그대가 안에 와 화석이 되었다.

「사랑한다.」
설레어 못다 한 말들
그 문을 열고
변함없는 사랑에 혼잣말을 했다.
에이 씨 당신을 사랑해-.

사랑은 사랑 자체로만 충분할 뿐! 구속도, 소유도 아니다.

통화

그대가 "내일 올 거야." 묻자
답한 내 언어가 튀었다.

"그래, 보고 싶어 안 되겠어.
죽을 것 같아."
그 순간
후훗- 웃음이 귀에 튀었다.

소박하게 맘을 표현한
그 사랑은
세상 그 무엇보다 행복케 했다.

다만, 널 사랑하였다

삶이 굴곡지고 어둠이 밀물져 와도
그대와 함께하는 삶에는
하늘로 영혼을 열고
빛 고운 꿈을 둔 감사가 있다.

선하고 진실한 참된 삶은
귀한 꽃으로 핀다.

그대 향한 말들을 채우고
침묵을 배운 양 말없이 머물다가
끝 날엔
「세상은 당신이 있어 살 만했노라」
그 역사를 말하련다.

하늘이 맺어 준 인연이라
감사하고 기뻐하며
어떤 계산이나 조건도 없이 그댈 사랑했노라
다만 널 사랑했노라 하련다.

그랬다. 사랑은 그랬다. 더러는 아프고 더러는 힘들고 더러는 고단했다. 그래도 견딜 만했다. 곁에 그대가 있어 감사하는 마음으로 살았다. 사랑은 스스로를 충족시키는 가치 있는 믿음이어야 옳았다. 같은 생각이거나 최소한 중간을 찾아 포옹하는 것. 아끼고 배려하며 존경하는 마음으로 나아감이 옳다. 맞추고 닮아 가는 달인이 되는 일이다. 다만, 그댈 사랑하여서-.

사랑의 샘터에서

생각만 해도 가슴이 뛰는
정한 사랑을 품고
언젠가는 끝날
삶을 달관하며 살고 싶다.

가슴을 열어
옳다 좋다 그렇다– 맞장구치며
청정한 자연 속에서
편안한 삶을 누리고 싶다.

깊은 생각이 바르게 열려
어둠을 초월한
하늘의 길이 열리듯
멋진 인생길을 누리고 싶다.

진정 서로 사랑함에 따뜻하다가
생의 끝에 이르러
고맙고 행복했다 말할 수 있도록
곱게 품은 사랑이고 싶다.

사랑의 입맞춤

순결한 사랑에 아린 꽃잎
맑은 정과 삶을 열어 행복해하는
마음의 꽃 한 송이여.

나를 꺾고
다시 나를 꺾고
청정함 가득한 맘을 열고 싶다.

순수하고 깨끗함으로 평안을 누리고
위로하고 감싸 주며
따뜻한 맘으로 희생 봉사하련다.

시원한 뜰에 이르기까지
마음을 다해
사랑의 길 가며 기뻐하리라.

오늘도 행복하리라

절절한 느낌마저 기쁨이 될
맑고 선한 순정으로
그 삶으로 나를 열고 싶다.

함초롬한* 생각으로
맑게 생기가 돋는 날엔
기쁜 눈물도 감추지 않은들 어떠하랴.

하늘빛이 우리에게 있을 때
보물인 당신을
더 그윽한 눈빛으로 보아
늘 기쁨을 열고 싶다.

서로 맘 편히 곁에 있어
쉽게 부를 이름이라
정성으로, 순박한 그댈 품어 행복하리라.

* 함초롬하다: 가지런하고 곱다. 젖거나 서려 있는 모양과 상태가 가지런하고 고운 것을 함초롬하다고 함.

고백

부족지 않는 합당한 길을 찾아
그대를 깨우고
묻힌 마음을 들춰
누이를 대하듯 진실을 말하련다.

샘물로 돋는 산뜻함을 풀어놓듯
각별한 생각을
넉넉한 맘으로 열어 가리라.

비취빛 맑음인
선하고 의롭고 정직한 길 가며
편안히 앉아
때 묻지 않을 진실을 말하고 싶다.

꽃이 핀 뜰에 기쁨을 놓고
순결한 마음으로
지금껏 서로 간 편안했듯이
즐겁고 복되게 나를 펴 두련다.

어찌 그렇게 삶을 편안한 눈으로 보시는지. 모두가 이럭서 화려하게 꾸미느라 그 고운 삶들이 스쳐 지나가도 모르고 사는데, 님은 허리를 굽혀 들여다볼 줄 아는 아름다운 눈을 가지셨네. – 후배의 댓글 중에서

사랑, 그 편에서

피 말리는
지독한 고독이 오는 날에도
자연의 흐름이듯
말없이 침묵하며 그댈 그린다.

먼 곳에서 보고픔을 참아 내던 날
힘들게 널 그린
절절함이 요동을 쳤다.

끝 간 데까지 달리는
마음이 앞서
문득 생각난 듯
편한 맘으로 널 부르고 싶다.

절절함이 없는 건 생이 아니라고
몸부림치도록 절절한
그 사랑과 정을 어찌 쉽게 말하랴.
말은 적어도
왠지 몸살 나도록 그대가 그립다.

사랑할 수 있을 때, 서로의 사랑이 건강할 때, 곁에 있을 때 경건하고 고운 맘이 무엇인지 생각해 봐야겠다. 어떻게 사는 것이 잘 사는 것인지 깨달아야 한다. 오직 행복을 위해서만 사랑하리라. 잘못이나 약점까지도 품어 주면서.

그대는 별로 왔다

그 많은 군중 안에서 또렷이 와
네가 나를 찔렀을 때
순간에 심장이 멎는 듯이
참 별난 일임을 느꼈다.

신의 역사였다.
그대는 그렇게 숙명으로 왔다.
들키지 않으려
새어나오려는 속내를 간신히 이겼다.

열차에 자릴 잡고 앉아 있을 때
그대가 곁에 와
"자리가 있느냐" 물었다.
"자린 있는데 사람은 없다." 했다.

그 후 그대는
내 인생에 귀한 은쟁반에 금 사과
생에 특별하고 귀한 내 반쪽으로 왔다.

대를 만남이란 그런 것이었다. 순간에 오는 황금빛 화살 같은 것. 그것은 전율이었고, 한눈에 드는 알 수 없는 역사였다. 그 많은 사람들 중에서 어찌 불이 튀듯 그대가 파고들었을까. 분명 하나님이 맺어 준 필연이었다.

사랑의 꽃

희비의 끝없는 밀물짐이여.
쉬운 허구의 말보다
가식 없는 속 샘이 열린 길이다.

그 길을 볼 때마다
달콤한 생각에 나를 적셔
가슴 뜨거움을 옷 입고 싶다.

마음을 다하고
크게 깬 생각을 열어
편안하게 그댈 품으련다.

늘 가까이 오렴.
알게, 모르게 끝을 향해 가는 생이라
더 넉넉하고 풍성하게
있는 대로의 생활을 껴안아 보자.

그대랑 가는 길은

누더기를 걸쳐도 구김 없이
산과 들 뜨락 옆에서
하늘 우러러
텃밭 하나 가꾸며 살고 싶다.

싱그럽고 풋풋한 삶을 누리면서
구김 없이
지혜롭고 소박한 삶을 살고 싶다.
하하 웃으며 살고 싶다.

날마다 향긋한 일상을 꽃피우는
그런 영혼이면 그뿐!

곁에 선 그댈 볼 때는
맘 편안하면 그뿐
즐겁고 선한 맘으로 살고 싶다.
웃으며 살고 싶다.

부부의 도度

서로의 울음이 같은 줄도 모르고
혼자인 듯 따로
사랑의 법을 버린 무지의 삶은
아닌 듯 어둠 된
고통을 열기 마련이다.

콩 심은 데 콩 나고 팥 심은 데 팥 나
심은 대로 거두는-
진리를 몰라
퇴보된 헛된 삶을 살진 말자.

거짓과 배신과 불성실로 얼룩진
독과 추함은 함정에 드나니
진실한 믿음과 신뢰로
삶을 완성토록 밭을 갈자.

있는 그대로를 품고 바라봐 주는
진실한 사랑으로
희생과 봉사의 마음을 지녀
언제 어디서나
다정한 길 가는 소박함이고 싶다.

어느 날 불쑥

우리 서로 애타듯 만나
서로에 치닫는 말이 화창하리니
늘 소중토록 서로를 품어
사소한 일도 맑은 물 두길 원한다.

생에 낙엽이 쌓일 때
깨달아 자극을 받는 만큼 절절이
섬세함을 나누고 싶다.

젊은 만남같이 늘 들뜸을 두고
폭죽을 터뜨리듯
큰 기쁨을 누리고 싶다.

깨어나자
싹이 움트는 새로움으로
나를 깨워
등불을 켠 기쁨을 누리고 싶다.

별 되는 넌

정갈하고 붉은
노을이 핀 수줍음으로
맘 문을 열고 다가서던 아씨.

시간을 딛고 와
아닌 듯
눈여겨 내 심념을 엿보고 있었다.

눈치챌까
가만히 숨 죽여 그녀를 보던 내게
"함께 있기만 해도 좋지!"
불쑥 던진 말로 밝음이 나풀거렸다.

마음이 한껏 벅차고 숨이 막혔다.
그대는 단번에
내 맘을 활짝 열어 놓고
온몸 들썩이는 기쁨을 쏟았다.

어머님이 병원에 계셔 먼 길을 갔다. 밤엔 곁에 한 사람밖에 머물 수가 없었다. 그래서 널 볼 수 있었다. 곁에 두 사람을 대동한 넌 현명하게 왔다. 일행이 가고 또 한 친구가 온 다음엔 셋이 되었다. 다음 날 그녀는 떡과 먹을거릴 싸 주었다. 어머님 드리라-고. 고맙고 감사한 일이었다.

그날

네 봉긋한 얼굴에 맺힌 빛을
안에다 두고
달콤한 설렘이 일던
그때쯤 난 널 다시 보았다.

“내 곁에 서.”
순간, 파고든 기쁨이 뭉클했다.
불 지핀 온돌 아랫목 같아
유달리 안에 파도를 둔 날이다.

콧날이 맵게
가슴 아리던 기억이 새롭다.
그땐 참 들뜬 기분이었다.

그대의 웃음 같이

날 향한 그대의 미소가
꽃비, 햇살, 별빛이 되어 왔다.
곁에 발 딛던 그날을 생각했다.

밝은 꽃이
무더기로 핀 노을에
온통 네 이름이 팔딱였다.

열린 가슴에
주고받은 말이 너풀대고
새롭게 그대의 이름이 활짝 피었다.

노을

노을은 하늘 솜씨로만 붉은 줄 알고
그대의 맘이 배어나
거기 적셔진 줄을 미처 몰랐다.
그대 맘이 그리 붉다는 걸 몰랐다.

정작 느끼지 못한 것을
때늦은 아픔과 고난이 와서야 느낀
난 참 둔하고 맹한 사람이었다.

그때, 그대 얼굴에 피던 것이
기쁨 담긴 수줍음이요
내적 꽃을 피운 정이었다.
왜 그땐 몰라
귀한 인연 줄을 외롭게 했을까.

노을에 안타까움이 돋는 건
편안한 순수함과 소박함을 지닌
그댈 바로 끌지 못한 탓이다.
이제야 느껴 알게 된 보고픔 탓이다.

초연의 서書

나만의 연서를 깊이 써 내렸다.
줄기의 풋풋함이
마음 깊은 언어로 산뜻했다.

한 갈망으로
가슴에 절절한 보고픔으로
풋풋함을 이은
젊음의 날은 아름다웠다.

입술 맞대기는커녕
더더욱 쉬운 허리를 두르거나
온기도 접한 적 없이
자연의 터를 밟고 걸어갈 때였다.

언제 봐도 귀한 느낌인 듯
그대가 그립다.
내 언어를 돋우는 그대가 그립다.

첫사랑의 날들은 아름답다. 맑고 곱고 순수한 기쁨과 순결함이 있기 때문이다. 그때 마음을 열기 위한 첫 편지는 참 소중했다. 쓰다간 찢고 다시 쓰다간 찢는 일을 반복했다. 주고받은 편지는 기다림과 떨리는 기쁨을 동반했다. 순수해서 손 한번 잡아 보지 못하고 허리 두르기는커녕 눈도 바로 맞추지 못하던 때였다. 그런데 그 일들이 날 깨워 글을 쓰게 한다. 참 멀리 간 날의 이야기에 상상의 날개와 생각을 폈다.

한갓 꽃 얘기인

그대의 평범한 말도 내겐 달콤했어.
지극히 깊은 배려
그것 역시 어떤 것보다 따뜻했어.
알고 보니
이미 안엔 그대가 와 있었어.

접한 사람에 따라
행복과 불행이 오가는가 봐
그대가 있어
지금 난 미소 짓고 있잖아.

바라보는 것만으로도
가슴이 울렁이는
맑은 느낌이 필지도 몰라.
그건 참 기쁜 일일 거야.

신실하게 문을 열고
네 삶을 살피는 사랑 안에서
늘 깨어 있어
흔들림 없이 기쁨을 누리련다.

지금은 한갓 꽃 이야기인. 같은 믿음 안에 네가 있어 좋다. 네가 조심스럽게 거리를 유지하며 고심하는 것. 그걸 못 느끼랴. 그런 그대가 있어서 좋다.

가을보다 더 가을인

"더는 차 얻어 타기 어렵겠다."며
곁에 팔을 붙잡고 계단을 딛던 아씨는
유달리 편한 누이요.
꽃의 빛깔이거나
산천을 닮은 웃음을 보인 이였다.

하루는 식사 후 계단을 오르다
"차 한 잔 어떠냐."며
앞서가던 아씨
"모락산에 오는 날은 전화 주세요."
그 말이 아직 기억에 있다.

오해 말라
그냥 오누이 길을 바랄 뿐
추한 유혹이나 작업은 아니란다.
곱고 맑은 정이 있길 비는 마음뿐이다.

상큼하고 환한 말로 영롱함을 놓는
아리따운 그대는
순수 자연을 닮았다.
그대에겐 선한 들꽃 향기가 있다.

관악산에서 마주친 그대

솟은 바위 끝 위태한 곳에서
"손잡아 드릴까요."
처음 듣는 말이 곱던 여인아!
화들짝 놀람이 날개를 폈다.

그대의 인상은 쾌청한 꽃이요
상큼하기만 했다.
하지만, 관심에 손을 열 순 없었다.

신선한 충격이 앞선
인연의 소중함을 알지 못한 바보
순수한 관심을
맘대로 판단해 줄을 놓지 못했다.

미안한 일이다.
꽃피울 일임을 겨우 알고
쉬 흘려보낸 일을
비로소 인정하며 날 돌아본 거였다.

관악산을 등산하던 어느 날 오후였다. 막 바위를 오르려는 찰나 "손잡아 드릴까요." 음성이 들려왔다. 바위 위엔 맑고 밝은 인상의 한 여인이 서 있었다. "잡아 주다 떨어지면 어쩌려고요?" 우둔한 말을 했다. "괜찮아요." 말하던 여인. 그땐 내 영혼이 트이지 못했다. 그녀에겐 참 미안했다. 느낌이 순수하고 아름다운 사람인 것을……. 손 내밀지 못한 일이 부끄러웠다. 바보 같았다.

"보다 확실한 사랑을 얻기 위해 나를 버리고
더 큰 사랑을 알기 위해 작은 애착에서 벗어나라."
어느 책에서 읽은 글이다.
사랑하는 마음으로 사람을 대할 땐 서로를 배려하고
이해하고 마음 편하게 해야 한다.
기쁨과 즐거움이 넘쳐야 한다.
내 자신이 어렵고 힘들지라도
상대가 행복하도록 마음을 주어야겠다.

어느 결혼식에서 사회자가
"신랑 신부는 서로 마주 보고 두 손을 꼭 쥐라."
그리고 잠시 후, "서로 등을 맞대고 선 상태에서
두 손을 꼭 잡으라." 했다.
그다음은 이렇게 말했다.
"마주 볼 때나 등을 돌릴 때나 일생을 지금처럼 잡고 있는 손을
놓지 말고 꼬~옥 쥐고 잘 살길 바란다."고…….
부부들의 사랑이 늘 그랬으면 좋겠다.

3

사랑하는
마음으로

소박한 그리움 하나

주저리주저리
편한 말을 만개한 꽃으로 피워 놓고
강하고 담대하게 달음질쳐 오는
세상을 감내했다.

가슴에 익은 일들 무수히 피어나
소박하고 아늑한 풍경이
평화와 기억의 봇짐을 풀듯
옛길을 열어 넉넉히 나를 적셨다.

잊었던 일들이
새록새록 곧게 피어오르고
밥 짓는 연기같이 스멀대는데
스산한 기억과 깨달음과 낯익음을 따라
혼자 터벅이며 옛길을 걸었다.

까까머리 소년, 단발머리 소녀들이 있는
먼 길을 들추어
가슴에 새기는 만큼 편안하였다.
아픔을 꺾고
느끼는 만큼 오롯이 행복하였다.

서로가 이르는 길은

내 영혼을 깨우는 길은
달 별빛 자욱한
바다가 눈에 드는 언덕이거나
색상이 넘친 산정이면 했다.

서로를 향한 말에
감동이 파도치지 않아도
편히 서로를 읽게
선한 정과 소박함을 두고 싶었다.

변함없는 포근함을 두고
푸르게 가슴 채워 가는
성실한 삶엔
진실하고 고운 일이 흔하면 싶다.

그대를 꽃피우며
나를 살펴
삶이 고단하지 않도록
서로 간 관심과 정이 가득하면 싶다.

이슬 빛 사랑

어떤 외압에도 주눅 들지 않고
거짓 없는
견고한 무게 중심을 안에 확연히 둔
넓게 깬 의식을 지니고 싶다.

세상 일이 쉽거나 편하지만은 않다.
그래도 생사화복의
어떤 일도 긴장친 않으련다.

세상 일로 앓는 아픔이 없도록
동행인끼리
지친 무게를 풀어 가며
위로와 사랑에 들면 얼마나 좋으랴.

아무래도 사랑이란
이해와 봉사로
마음을 곱게 채움인 듯싶다.
감사하며 보듬는 희생인 듯싶다.

어쩌란 말이냐

숨 가쁜 질주
어쩌란 말이냐.
기진맥진한 삶을 어쩌란 말이냐.

맘껏 피는
이 망망한 세상의 역사-
독한 파도의 넋을 어쩌란 말이냐.
나더러 어찌하란 말이냐.

이 일 저 일로 복잡한 세상에
알 수 없는 인생길도
삶의 역사라
그래도 내 삶은 내가 산다.

이것이 젊은 청춘들의 마음이리라. 풍랑 같고 폭풍 같은 열정. 끊임없이 타는 불길. 이 열정을 옳은 곳, 좋은 곳에 쏟으면 무엇을 못 이룰까.

임이 오시는 길에는

오매불망 기다림 끝에
내 고운 님이 오시는 길에는
하염없이 찰싹일 파도 소릴 깔아 두겠습니다.
프리지어 향기를 적셔 두겠습니다.
눈 시린 찬란한 노을을 밝히겠습니다.

살포시 미소 짓는
울렁임 같은 작은 일도 소중함이 되는
떨리는 마음을
아닌 듯 가만히 기쁨으로 놓겠습니다.

느끼는 만큼 그대의 것이니
숨긴 마음에도 설렘을 두겠습니다.
후훗 웃고
아닌 듯 말없이 그대를 품겠습니다.

임이 오시는-
내 고운 이가 오시는 그 길에는
그댈 향한 마음을
아닌 듯 가만히 사랑으로 놓겠습니다.

금 닷컴에서 댓글에 답하던 한순간이었다. 불쑥 시상이 돋았다. 사람이 사람을 행복하게 하는 일은 어려운 것이 아니다.

내 안에 네가 있다는 것은

네 안에 내가 있음은
그만큼 나를 알아준 일이다.
내게 네가 있다는 것은
그만큼 너를 안에 받아들인 일이다.
너를 느낀 일이다.

내 안에 네가 있다는 것은
사랑의 진실함이요
정한 고요나 열어 둔 평안이다.

네가 있음은 가슴 떨리는 행복이요
끝없는 기쁨이며
삶의 의욕이요 고운 힘이다.

내 안에 네가 있다는 것은
그대를 품은 길이요
기쁨과 느낌이 온
삶의 축제와 편안함의 길이다.

기억하라. 삶이 축제와 잔치가 되지 않으면 그대의 삶은 무의미하다.

사색의 뜰에 앉아

가득한 관심 배려를 열고
무지개를 빚어 놓으면
그 길을 걸어
내게 올 것만 같은 사람, 사람들이여

절절이 타는 꿈을 놓고
자연스레 오가는 맘에
평안을 줄 수 있다면 얼마나 좋을까.

싱그럽고 부드러운 생각에
감동 일기를 쓰고
산들바람 오가는 정원엔
기쁨과 즐거움의 터를 만들자.

밝은 길이 열리도록
세상 걱정근심을 제치고 싶다.
속히 편한 길이 환히 열리면 좋겠다.

내겐 하나의 꿈이 있다. 작은 텃밭이 있는 전원주택에 전시 공간을 따로 둔 집을 짓고 싶다. 호미와 낫과 삽과 괭이로 흙을 일구고 채소를 가꾸며 세상을 벗은 삶에 욕심도 버리고 자연에 융화된 삶 속에, 글을 쓰고 그림을 그리며 조용히 살고 싶다. 때로는 벗이, 친척이, 지인들이 찾아오리라. 따뜻한 가슴이 타리라. 맘이 훈훈하리라. 그 꿈을 이루고 싶다.

만월하의 초원에서

인적을 벗어나
숲 속 초원에 접어들다
신비한 선경이라
달빛 유혹이 깊은 줄 알았다.

훨훨 나신으로 춤을 추려고
상기된 얼굴로
하늘빛이 오는 산 터에 섰다.

한 황홀함에 취한 순간에
숨이 멎는 듯
맘에 실린 놀람이 요동을 쳤다.

보라, 자유로이 춤추는 정경들
훨훨 날며
시간, 시간 반짝이는 느낌을 놓듯
가벼워져 보라.
생을 꽃피우도록 순수하고 싶다.

무념무상無念無想의 경지에 들어 경험할 수 있는 이야기를 그린다. 그것은 하나의 하얀 축제다. 자연과 하나로 통하고 나의 실체마저 사라져 버리는 정신 최고의 경지. 순수함이 아니고선 이룰 수 없는 축제다. 자유의 날갯짓. 욕심을 초월한 야인으로 서서 풀이 되고 바람이 되고 안개가 될 그런 꿈을 그려 본 거였다.

초원의 꿈

빛 익은 밤을 딛고
적막한 뜰에 섰을 때
가슴에 뜬 정과 흘러든 별빛이 돌아
네 생각을 버릴 수가 없었다.

인위의 가식과 체면을 벗어
맘을 연 생각으로
거침없이 훌훌 세상을 벗는다.

눈물 나는 정경 속
핀 숯으로 타는
세상의 유혹에 더 빠지진 않으련다.

사랑으로 쏟는 별빛
눈부심에 취한 마음을 추스르면
오묘하게 맑은 영적 활동이 깊다.
기쁨과 즐거움이 짙다.

일련의 깊은 공간이다. 영혼의 세상에서만 가능한 황홀하고 아름다운 여행이다. 산책길이다. 소풍길이다. 느낌으로만 얻을 수 있는 행복한 노래다.

그리움을 묻다

어둠이 경험된
혼자 겪는 아픔은 두렵다.
고독에 빠지도록
오지 않을 이를 그림도 슬픈 일이다.

답답함 두고
더 가야 할 길을 묻지 못한
비애가 깃들면
생각을 바꿔 기쁜 글을 쓰고 싶다.

그댈 만날 그날에
생글뱅글 눈 뜨는 시간이 오면
낮빛 하얀
꿈의 나래를 펼 기쁨을 지니련다.

그대는 벌써 잠들었는가.
이 밤도 그댈 그리며
난 환한 보고픔을 열고 있다.
부름을 열고 있다.

네 이름이 안에 빛날 때

선명함이 열린
환한 젊음의 기간 속에서
또렷한 너에게
친하고 밝은 정을 펴고 싶다.

때로는 넌 별에도 빛났다.
생각이 깊은 그대를 구별해 놓으니
보고픔이 일어
강한 북소리가 둥둥거렸다.

그때는 그랬다.
맑아서 아름답던
순정의 빛이 넘친 고운 길이다.

그리움에 달 밝은 날이면
다시 널 만나
파도가 소곤대는 해변을 걷고 싶다.
기쁨을 열고 싶다.

흑백 사진을 보았다. 그 사진에 네 이름이 불 켜진다. 꽃 같고 별 같은 널, 어쩌면 영원히 구별된 하나의 이름으로 빛나기를 원하는가보다. 이루지 못한 인연이라 새삼 맑은 그리움이 되는 걸까. 그 바다가 그립다.

사랑은 말로만 하는 것이 아니라서

사랑은 말로만 하는 것이 아니라서
속속 웃고
속속 아파하며
결단코 품고 돕는 날이고 싶다.

사랑 운운하며 떠들기보다
진실한 느낌을 전하며
복된 기쁨을 여는
관심을 행하는 합한채*이고 싶다.

사랑은 말로만 하는 것이 아니라서
진실과 성실함으로
마음을 다하고 싶다.
희생하고 봉사하듯 사랑을 전하고 싶다.

* 합한채: 사랑초, 사랑의 사과.

거먕빛, 나의 사랑은

거먕빛* 나의 사랑은
그대가 있어
지독한 갈증으로 회오리치며
밝게 부풀고 설렌다.

가슴에 타는 정이나
절절이 독하게 패대기치는 아픔을
깨지 못한 탓에
쉽게 입을 열수는 없다.

눈물과 갈증이나 믿음으로
고결함을 그려
거먕빛 사랑을 지니고 싶다.
강복을 누리고 싶다.

* 거먕빛: 매우 짙은 검붉은 빛깔.

멋진 여인

고운 여인은 「맵시」로만 튀지 않는다.
맑은 영혼과 지적 향기
일상에 현명함과 덕이 넘쳐
고상한 인격으로 자신을 연다.

자만하거나 작은 것에 연연함 없이
크고 넓고 높은 곳에 나아감으로
삶을 복되게 연다.
자신을 닦고 가꾸며 다스린다.

그 여인에겐 매혹적인 향기가 있다.
영혼 육이 깨끗토록
순결함을 가꾸고 새 생명을 소망하며
하늘의 길을 개척해 간다.

현재가 일생이며 오늘이 최고의 날인 양
신념으로 불 밝히는
큰 지혜를 둔 그대는 곱다.
매우 슬기롭고 참 현숙한 여인이다.

봄날의 햇빛

오는 봄 물결에 휘감긴 삶의 몸짓같이
그 유혹같이
혼자 키득이는 고운 햇살은
수양버들을 닮았다.
백합화를 닮았다.

어둠의 날이
때론 다시 꽃피어 밝음도 되듯이
외진 길이라도
결코 혼자가 아니라고
얼굴 들어 팡팡 강권을 쏘기도 한다.

때로는 고독을 껴안고
아닌 듯 열지 못한 날 뒤척이는데
너는, 깨금발 딛는 너는
왜 자꾸만 내 등을 두드리는 거지!

봄은, 생명의 깃발을 든 봄은
아닌 듯 거나하게 물오른
진한 낯빛을 연다.
밝은 햇빛을 사귀고 있다.

나를 글에 놓고

삶 속 몸부림이
눈시울 적시는 감동으로 남을 시 한 편을
샘물같이 맑게 열어
그대에게 가득할 기쁨을 주고 싶다.

시들지 않게 그댈 불러
순한 마음이 울렁임으로 타는
귀한 삶이 되게
강하고 진한 생기를 주고 싶다.

읽을수록 황홀한 글 한 편이
선한 언어로
그대에게 흐르는 신선함이 되도록
있는 그대로의 생각을 주고 싶다.
나를 열고 싶다.

그대를 부른다

감동 없는 빈말보다
속이 절절한 용어를 두고 싶다.
벽은 더할수록 두터우나
열수록 가까워짐이 사람의 정이다.

스스로를 깨우고 또 깨우는
인품이 된 맘으로
활기차게 텃밭을 경작하는
성실한 인생에는 활기가 넘쳐난다.

끊임없이 배려하고 전진함으로
마음의 밭을 경작하는
희망찬 삶엔
편한 즐거움이 잔치하듯 핀다.

날마다 꿈을 좇는 사람으로
오늘을 짙게 살며
더욱 발전된 길을 가고 싶다.
그대 곁에 가고 싶다.

사랑하는 사람아

사랑하는 사람아
영혼 깊은 곳에 돋는 기쁨을 누리라.
톡톡 튀는 귀한 지혜로
산뜻한 생각을 품고 오늘을 살라!

삶을 깨워 햇살이 돋고
고귀한 일상엔 빛이 밝도록
맑은 눈을 들어
영롱하게 타는 큰 소망을 보라.

진실하고 선한 감동으로 하루를 채우고
문 열고 맘을 틔워 하늘을 보라.
겸손하고 청아한
소박함에 멋진 생을 돋워 보라.

오늘도 하루가 저문 밤이 와 달, 별이 떴다.
사랑하는 사람아!
부드럽고 따뜻하게 서로를 보자.
편한 맘으로 하늘을 보자.

그 말 때문에

보고파서 아픈
가슴 젖는 말 한마디는
활활 돋는
산에 핀 휘파람 같다.

찡한 울림이 돋는
"보고 싶다."던 말-
정을 열고 그댈 그리니
마음의 터엔 그대가 짙다.

"오직 네가 귀하다."
천국에 살듯 귀한 삶을 살자.
현실이 복되게 바르게 살자.

그리움

사람에 따라
적나라하게 비추는 생각을 열면
귀한 만남일수록
강한 영성이 돋을 것 같다.

정함이 아니면 잊으라. – 한다.
갖은 애를 써도
윽박지르며
기억들은 애잔하게 나를 적신다.

나를 이기지 못해
때론 말없이 견디는
절절함을 지우지 못한 힘든 길이다.

결혼

안에 감춘
말들을 편한 정으로 쏟고
사랑의 길을 돋울 때가 되었다.

사랑은 주는 것이라고
마음은 소박하게
욕심이 아닌 만족함으로 가련다.

일상을 깨우고
생의 끝에 이르기까지
안에 둔 귀한 삶으로
이젠 날 "톡-" 터뜨릴 때가 되었다.

피는 매력과 성숙함을 지녀
늘 배움을 열고
함께 이루고 둘이 하나가 되듯
바르게 선, 청, 정, 복을 열고 싶다.

사랑함으로

진정 따뜻하고 절절한 마음을 열고
오직 그대뿐이라
사랑의 진심에 빠져들련다.

일심에 빠질 때는
무엇보다 선하게 최선을 다하고
관심 깊게 그대의 정에 나를 녹이련다.

황홀하고 진실한 정신을 품고
신선한 길로
맑은 생각이 끝없길 원한다.

그댈 깊이 사랑함으로
행복하도록 정한 길에 빠지련다.
넉넉한 기쁨이 우릴 채우면 좋겠다.

타오름을 위해

언제나 열 타는 길 가고 싶다.
뜨겁되 헛됨 없이
활활 타오르되 주변을 태우지 않는
밝고 진실한 길을 가고 싶다.

어떤 상태에도 흔들림 없이
절제와 인내의 길 가며
승화된 경지
큰 생각과 진한 느낌을 열고 싶다.

심연에 타는
진실함을 열기까지
천함과 굴곡 된 교만함 없이
순정에 빠진 기쁨과 평안을 열고 싶다.

너는 알까

안에 담아 견디고 또 이기는
이 그리움을 알까.

끝내 외진 길 가며
참아 낸 맘으로
힘겨운 삶도 모르는 척 감추는
이 속내를 알까.

너뿐인 맘으로 가슴 조이고
깊고 모진 일과 외진 어려움도 견디며
부족하다 힘쓰는 내 사랑을 알까.
너는 알까.

외로운 섬

외진 섬에 온
한 진붉은 그림엽서엔
누운 섹시한 여인이
강렬한 파장으로 발름거렸다.

격한 숨결로 외로움을 돛 올리고
토하는 앙가슴의 골짜기에서
뇌쇄적인 힘이
평안을 뚫듯 튈 것만 같았다.

한 여시인이 보낸
그 그림엽서엔
외진 흐느낌 같은 고독이 엉켜 있었다.

가슴으로 끓는
태워도 태우지 못할 고통이 흘러
울릉도 섬 끝엔
몸살 앓도록 바다가 출렁거렸다.

영혼이 맑은 사람

권세에 홀린 이들이 무엇을 얻겠다고
진실 없는 험한 곳에 빠져
잘못을 돋워 댄 걸까.

신경전이 미묘한
기우뚱대던 헛것들 틈서리에서
욕심 없는 소박함으로
감정의 기복을 유지할 순 없을까
슬픔의 낱말을 혼자 죽였다.

경우와 배려
선함을 열줄 아는 이
하늘의 웃음 지닌 그댈 만나고 싶다.

자연을 닮아 자연인 듯한 영혼이 맑은 사람을 만날 때가 있다. 나이 들어 세상을 다 초월해 버린 사람 같이 소박하고 순박한 그런 사람에게선 풀잎 냄새가 난다. 라일락 향이다. 프리지어 향이다. 향긋한 자연의 향기다. 소박한 기운이 박으로 열리는, 아무리 봐도 자연을 닮은 사람은 아름답다. 자연을 닮은 사람은 곱기만 하다.

연세 많은 이들을 섬기시라

일상 가닥가닥 한숨 지천에 깔린
날개 잃은 삶이라
흰 눈 속 외딴 쓸쓸함뿐인
연세 많은 분들을 살피시라.

날이 갈수록
힘도 건강함도 줄어
외롭고 힘든 일이 얼마나 많겠는가.

훗날 그대가 갈 길도 그 길이니
연세 많은 친족을
공경하고 섬기며 밝게 나아가라.

친인척의 삶 속
혹은 가까이 친한 분들
기본 예의 속에 지킬 바를 지키라.
귀한 삶을 사시라.

온 몸이 타도록

온 몸이 타도록
꿈을 열고 나아가는
열정 안에서
밝게 돋는 기쁨을 누리련다.

오늘 하루가
내 생의 마지막 날인 양
값지게 살아
복된 길을 열고 싶다.

생각이 트이고
얼마나 애쓰고 노력 하냐에 따라
열린 삶은 달라지리라.

늘 마음 문을 열고
몸이 타도록
선명한 기쁨을 누리고 싶다.

꿈이 없으면 도전도 성취도 없다.
꿈을 좇는 독한 열정만큼 꿈은 현실로 온다.
준비된, 합당하고 선한 소망은 꼭 이루어진다.
잠자는 나를 깨우자.
내 시간 안에, 쓰고 그리며 지식과 지혜를 채워 보자.
폭발적이고 충격적인 강한 느낌이 나를 지배할 때가 오리라.
그 힘을 믿고 최선을 다해 달려 보라.
거기 활짝 웃는 꿈의 실체를 보리라.

변화하자. 하나님은 스스로 돕는 자를 돕는다.
평생 배우자. 지혜를 사모하자.
개척하고 창조하는 삶으로
몸부림이 되도록 최선을 다한 열정으로 살아가자.
한껏, 잠든 나를 깨워 가야 한다.

4

잠든 나를 깨우고 싶다

시간의 베틀에 앉아서

사람 사는 날이 천년만년도 아닌데
언제까지인지도 모르는데-
가는 하룻길을
어둠 슬픔 거품으로 채울쏘냐.

눈물 한 자락
고통과 탄식 한 움큼
실패와 분노
그것 또한 한순간에 지나가리라

오늘이 생의 끝이 되더라도
깬 생각에
맑은 영혼을 두고
맑음을 열도록 한껏 밝게 웃으며 살자.

현실은 더 멋진 하루가 되리라.
날개를 펴
더 높은 곳에 눈을 들고
오늘도 그 생각으로 큰 길을 가련다.

울음을 이기며 편히 살자

흉악하고 인정 없는 곳을 떠나
시골풍 가옥의 온돌방에서
세상을 이기며
잘못된 뜻을 다독이며 나풀거리자.

독성이 짙을수록 거대함이 된 삶에
지치고 실속 없는
허황된 세상 허무를 간파하리라.
부당함을 이기고 웃고 살리라.

더는 날 흔들지 말아다오.
그저 밭 갈고
편안하게 씨 뿌리며
말없이, 그냥 말없이 살고플 뿐이다.

마음이 살찌도록 힘을 돋우자.
독한 울음 울
맥을 놓는 일에 빠지지 않도록
늘 깨어 큰 빛 발하면 싶다.

바람이 되어서

그냥 일성의 혼으로 흘러
흩어지고 분해되고 거품으로 질 허상의 끈
형식의 틀
구속의 줄을 끊은 뒤
자유의 혼으로 훨훨 날고 싶다.

움켜쥐는 권위와 환락과
쾌락과 슬픈 눈물 속 편린과
그들을 넘고픈
깊은 고뇌와 몸부림이 있을 뿐이다.

훨훨 날개를 펴 날고 싶다.
삶의 포기가 아니다.
생의 부정이 아니다.

힘 돋울 터전에
모든 일을 새롭게 펼쳐
맑은 하늘 가도록 날고 싶다.

영혼만큼은 자유롭고 싶다. 창조주의 넓은 품 안에서 날고 싶다. 꿈의 경계선이 없는 곳에서, 선하고 맑고 진실하면 좋겠다. 좋은 영향을 끼칠 수 있도록.

그대에게 들려줄 노래가

그대에게 들려줄 얘기가
전할 말들이
용기와 희망을 끌어올릴
기쁨이 되면 좋겠네.

신선한 느낌 전하는
도전적 반성이거나 결심이요
그 시점의 뇌파인
귀한 곳에서 춤추면 좋겠네.

그대에게 차분히 들려줄 얘기가
떨림이나 감미로움이나
소중한 느낌으로
오래도록 생에 빛나면 좋겠네.

더욱 세미한 숨결로
그냥 자연이 되듯 편안한
산 강물 흐름 같이
맑고도 시원한 삶이면 좋겠네.

인생은 풀꽃과 같다

풀은 마르고 꽃도 시드나니
인생은 풀꽃과 같아
때론 눈 깜박할 새 바람으로 난다.

권세와 자랑이 뭐 그리 대수인가.
거기 빠짐은 시든 꽃과 같고
허망한 존재일 뿐이다.

안개같이 사라질 것들에 빠지는
꺼진 삶을 벗고
한순간에 새로워질
진리의 생을 열듯 밝게 살련다.

인생은 한갓 그림자와 같다.
그 말을 알고 깨달아
아등바등 살듯
구속된 터를 벗어나고 싶다.

열정의 삶

꿈의 빛으로 광기狂氣를 켜고
강권 향한 불새의 넋으로
한껏 나를 태우고 또 태우는
치열함이면 싶다.

집념을 쏟고 이를 악물고
달콤하게 살듯
열정의 불로 타야만 한다.
꺼지지 않는 불로 타야만 한다.

후회가 없도록
오직 최선의 열정으로 가면서
편안하고 즐거운
바른 길이 되도록 곧게 가련다.

자신의 생은 스스로 여는 것!
정성과 힘을 쏟고
법 없이도 살 수 있는
진실로 넉넉한 마음을 열어 가야겠다.

꽃잎 찌그러지다

버스가 사자같이 질주해 온 후
탄다 싶은 찰나 다시 달려
버스를 피하느라 허우적이며 버둥대다가
물컹 네가 잡혔다.

손 안 가득
노렸대도 그리 정확할 순 없는
뒤돌아볼 수 없는 황망함을 느꼈다.
젊디젊은 그에게 참 미안했다.

난 실수였지만
그댄 지구가 무너지는 악몽이었으리.

어이하면 좋은가, 이를 어찌하면 좋은가
모른 체한 그날을 이제야 들춰낸다.
미안하다
참으로 미안하다.

아득히 먼 지난날의 얘기다. 90년대 초 어느 날, 귀가를 위해 버스를 기다리고 있었다. 타야 할 버스가 왔다. 차도로 내려섰다. 멈추려던 차가 다시 더 앞으로 전진을 했다. 순간 중심이 뒤쪽으로 기운 난 허우적거렸다. 그때 발생한, 참 이상한 일이었다. 뒤에 눈이 없는데도 어찌 그리 정확했는지……. 뒤돌아볼 수가 없었다. 미안했다. 정말 오래된 얘기다. 당시 노트해 둔 것을 이제야 용기 내어 들춰본다.

새로운 길

가뭇없이 먼 길을 걸어도
윗세대가 경험한
지식과 지혜를 얻음이 빠를수록
그 삶은 목적 달성이 쉽다.

일찍 깨달음의 길을 걷지 못함은
그만큼 허송세월이라
느낄수록 열정인 삶을 죽도록 살자.
바른 불꽃을 틔워 기뻐해야 한다.

이젠 자투리 시간도 아까운 나를 보노니
몸부림친 노력에
넉넉한 웃음을 열고 싶다.

창조주가 내게 부여한 은사를 감사하며
가치 있는 소망을 품고
쉴 새 없이 날 깨워
늘 밝고 맑게 새로워지면 좋겠다.

도전

현실을 받아들여
더욱 곱게 성장하고
보내는 현실엔 더 힘찬 길을 열자.

허상들을 젖혀
새 길을 열기 위한 단심임에야
우후죽순으로 자라는 고난이 있다 해도
결국은 노력한 만큼 기쁨이 인다.

큰길을 열어도
날 틔움에 그냥 되는 것은 없으니
과감하게 도전 성취해야 한다.

오직 자신을 굳게 세워
십년 '죽었다' 하고 목표에 미쳐 보자.
배움에 몸부림쳐 보자.
청정한 곳에 이를 기쁨은 예서 용트림한다.

매스컴에 청함

흐드러진 꽃이나 피지 못할 삶으로
나를 죽일 바엔
자연의 길을 모색함이 유익치 않느냐.

지지고 볶는
감춘 욕망들을 자극하는
그것이 최선인 양
헛바람뿐인 길을 습성화해선 안 된다.

사람들을 휘젓는 독성이
어찌 그리 짱짱 못질을 해대며
위대한 듯 고성에 돋는가.

뜻있고 희망찬 진실을 지녀다오
질서와 도덕을 기초 삼아
산뜻한 길을 열어다오, 깬 자여.
선각자가 되어다오.

유심히 보면- 먹는 것, 동물적인 것, 3종의 스포츠, 육적인 욕망과 즐김. 떼거리로 나와 오락하고 먹는 길이면 싫다. 이야기로만 엮어 가는 편협 된 일보다 진실이 열리면 좋겠다. 신선하고 발전적이고 좋은 변화를 끌고 올 그런 것들이 부족해 아쉽다. 보고, 배우고, 느낄 것이 많아지면 좋겠다.

걸어가고 싶은 길

안에 둔 말이 샛문을 여는가 싶더니
애잔하고 깊은
실한 언어의 꽃으로 붉다.

껄끄러움 없이
이웃을 품음은 복된 일이다.
용서함도 선한 일이다.

농축된 핵심을 지닌 언어를 지니고
자신을 개척하는
순연한 야인의 길을 가고 싶다.

풋풋한 감성으로 진실을 표하며
따뜻함과 포근한 생활로
귀한 길이요
늘 맑고 시원한 길을 가고 싶다.

그대여 괜찮습니다

괜찮습니다.
무슨 말을 해도 괜찮습니다.
원망해도 괜찮습니다.
영영 이별이라 해도 괜찮습니다.

신실한 사랑은
허다한 잘못을 덮고
어떠한 아픔도 감싸 안으며
어떤 어둠도 지워갑니다.

서로를 품는
넓은 사랑은 고운 사랑입니다.
서로 돕지 못해도
안타까운 고통이 있어 괴롭다 해도
이해하는 것이 행복입니다.

마음 다한 정이 진솔할수록
애틋함이 있어
어떤 아픔도 이겨내며
더욱 아름답게 살면 싶습니다.
늘 깨어 있으면 좋겠습니다.

환경은 참으로 청정한 곳이 좋다.
맘껏 뒹굴고 쉴 수 있는-
때 묻지 않은 청정함이 있는 곳은 너무나 좋다.
남해의 섬들이 그랬고,
울릉도가 그랬고
청정한 깊은 산골이 그랬다.
그 깨끗한 자연과 벗함이 행복이요
자연과 대화하고 교감하며 살 수 있음이 마냥 기쁘다.
살 만큼 살아온 삶이니 더 깊이 자연의 품에 살고 싶다.
세상에 물들지 않고 순박하고 편안한, 바른 길을 가고 싶다.

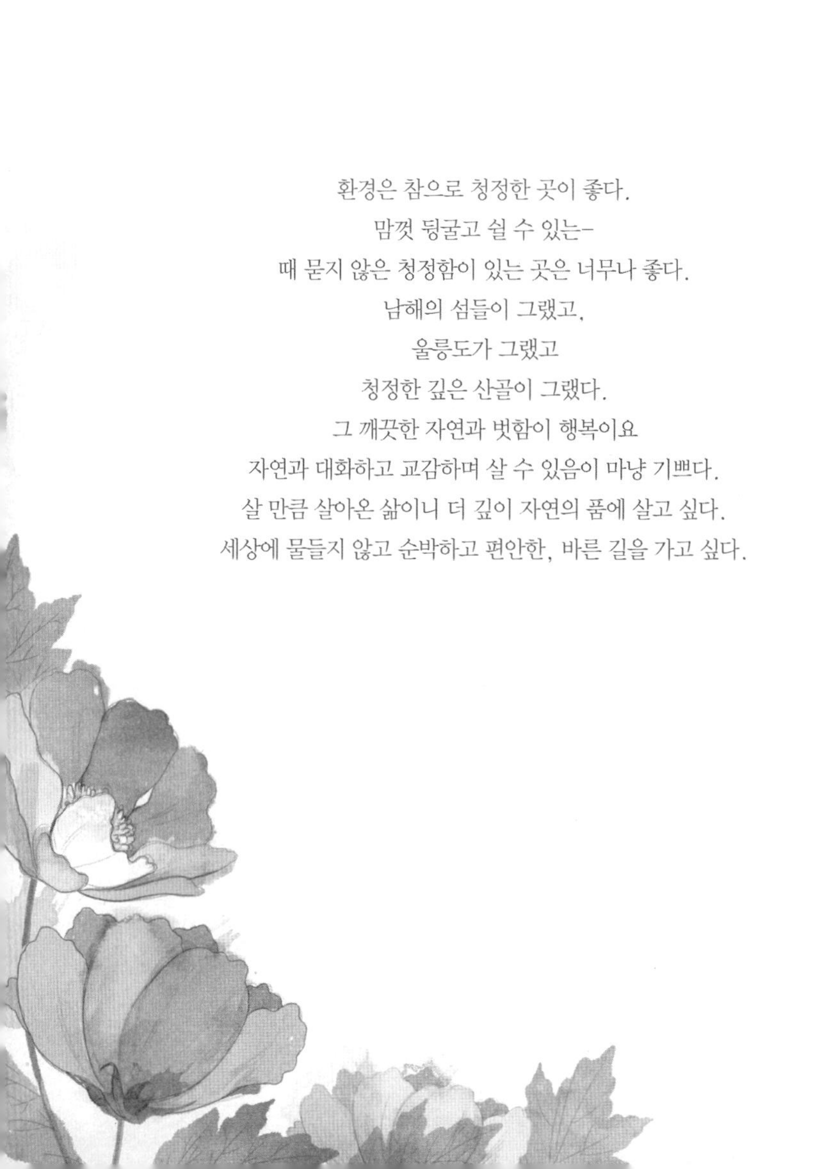

5

자연의 품에서 느끼다

생태계가 깨지고 있다

한강에서 이형어가 발견되고
중랑천에선
죽은 물고기가 떼거리로 떠올랐다-는
한 촌로의 절규
"마실 지하수가 없다." 며 분노 했다.

흙과 지하수엔
역한 냄새가 흐른다. - 했다.
"물은 수입하면 된다." 는 사람도 있다.
냇물이 에덴동산 같던 젊은 날엔
'생수공장'은 생각지 못했다.

오염돼 깨끗하지 못한 자연을
경주하듯 더 오염시킨
이 환경이 결국 내 생을 위협한다.

지하엔 생태계가 깨지고 있다.
멀리 생각해 보라.
관심 밖에 둔
어둠을 깨울수록 큰 빛이 돋는다.

눈 깜박이지 않고

마을 공동우물 물로
늘 밥을 짓던 곳에 살던 때가 있었다.
그땐 물이 참 맑았다.
환경오염이 없었다.

도시엔 폐수, 폐유, 쓰레기가 땅을 유린하면서
사람 머문 곳마다 아픔이 뒹굴고
쓰레기가 뒤범벅되어
걱정이 넘쳤다.

무지한 이들은, 그건 나와 무관하다 한다.
사람들은 수차례나
수돗물은 마실 수 없다 하나
버린 것의 영향은 깨닫지 못한다.

왜 그리 단편적이며 구역질나게 하느냐고
아는 이는 푹푹 한숨을 내쉰다.
같이 울며 돕자.
모두가 열정을 두면 안 되는 건 없다.

만감, 어둠을 벗기 위한

영혼에 먹빛을 드리우는 아픔-
쓴 말과 가시뿐인 터라
뼈가 엉킨
개살구를 와삭 깨물고 말았다.

삶에 꽃을 피워 온몸 뒤척이다가
눈물이 된 아픔
슬픔에 젖고 말았다.

최상의 기쁨이거나
끝없는 어둠의 바닥이거나
고난의 길엔
평안이 찢겨 너덜거렸다.

어둠 깊은 곳에 묻혀 있을 땐
힘든 영혼을 깨워야 하리라.
편한 생각을 다시 열어
강하게 나를 이기고 싶다.

개발 지역에 서서

엉킨 뼈와 뼈의 고통
살과 살의 얽힘
삶의 중심에 든 아픔을 본다.

움막일지라도
다 쓰러진 허름한 단칸방일지라도
편히 살면 행복의 터인 것을
야릇한 명목에 빈가를 뭉개 버렸다.

빈천함은 부함과 상관없다고
의기양양 나서며
눈 하나 까닥 않는 뻔뻔함을 보였다.

자길 위해 강권을 놓는
저 기름기 도는 이들은 어떤 이인가.
거기 쏘인 이는
누릴 삶이 꺾여 버렸다.

핀란드에서는 가난할 때도 평등으로 시작된다. 내부엔 빈부의 차가 있을지라도 위화감과 빈부 차를 느끼지 않도록 국가와 국민 상호 간의 배려가 깔려 있다. 그들은 어떤 처지에서나, 단 한 사람도 포기하지 않는다는 사회 철학을 지녔다. 국가는 국민 모두의 것임을 알게 한다. 위 시엔 한때 도시개발로 도시에서 밀려난 이들을 말했다.

나신裸身의 역사를 쓰다

찢긴 청바지 틈으로
숨은 무릎이 밖을 엿보네요.
등판도 맨살로 바깥 구경을 하네요.

때로는 가슴마저 길에서 문 열고
세상을 유혹하네요.
은연중 온몸이
겉보기 습성에 익었나 보오.

개성이 틔고 깨었기 때문이라오.
그건 특권이라고
한 기염을 토하네요.

옳소, 옳은 말이오.
다 자기 삶인데 뭘 그러오.
품지 못한 난 개똥참외다.
뜻대로 하시라 편히 웃었다.

새로운 세상을 꿈꾸며

간절히 비노니
진실을 다하고 애국하는 맘으로
뼈와 살이 찢기도록
모두 진실하고 성실한 길 가면 좋겠다.

진실한 이는 남고
말만 허세뿐인 꾼들
권세만 쌍불 켠 이들은 가라.
봉사 없이 권세에 빠진 껍데기는 가라.

몹쓸 허세만 난발하며
세금도 호주머니 돈인 양 여겨
진실을 우롱하는 사람들아
제발 바뀌시라!

세상이 바르면 얼마나 좋을까
이제는 깨끗한 맘을 두고
좀 더 바른 희망과 기쁨이 넘치도록
새 길 가면 싶다.
멋진 길을 열면 좋겠다.

자정이 넘은 시간에

자정이 넘은 시간
경보음만 울려 대는 흰색 차야
너를 외면한 채 관심 밖에 두어도
빽빽대며 혼자 야단이냐.

늦은 밤 시간에 우는 네 울음에
잠 깬 난 하소연 없이
이리 즉흥 된 글을 쓰며
밤을 찢는 네 고음을 듣고 있다.

어느 밤엔가 객지에서
자정에 김치를 얻겠다며 문 두드리던
그 초면의 젊은이들
이 별난 역사도 생각이 난다.

차야 그만 좀 울어라.
덥다. 왠지 덥다.
머리에 바람개비를 돌려야겠다.

경보음을 울리는 승용차의 주인은 반응이 없고 눈은 말똥대는 터라 밖으로 나갔다. 그 차엔 전화번호도 없다. 한참 후에야 차 주인이 나타났다. 또 하나의 경험치. 배울 만큼 배웠다는 이들인데, 한밤중에 와 라면을 먹겠다고 김치를 달란다. 많지 않은 김치를 조금 나누어 주었다. 다만 시간이 문제다. 늦은 시간의 방문 금지. 그것도 하나의 예의인 것을-

아픔과 슬픔

–사고로 간 큰형을 보내 드리던 날에

상장喪章의 꽃 보니
처연한 아픔이 날 훑고 지났다.
꺼억 꺼억–
가슴에 슬픔이 차올랐다.

"자넬 보러 온 게 아니라 고인 땜에 왔다"
연 두 녀석의 말이
울음 찬 가슴을 더 슬프게 쏘았다.
그래. 형 일로 왔다는데 어떤가.
겨우 나를 이겼다.

생각 없는 이들과 싸우느니
참고 견디자고
겨우 참아 낸 슬픔과 아픔이 돋는다.

그게 할 말인가
가슴에 못을 치는 아픔이 컸다.
천 근 무게로 누르는
그 말은 슬픔에 더 큰 슬픔을 주었다.

고향에서 사고로 사별한 형의 장례식에 와, 주일에 서울에서 치르는 향우회에 참석지 않는다고 두 사람이 내게 한 말은 너무나 아팠다. 언쟁을 따져도, 싸울 만한 상대와 싸워야 하는 법! 겨우 참고 인내했다. 생각이 없는 이들과 싸울 수 없었다. 차라리 지는 편이 낫다. 그날은 슬프고 아픈 날이었다.

"모"씨 사냥

"내 몸엔 당신의 피가 흐르고 있어요."
내 그럴 줄 알았어!
하나, 내 순결을 노린 죄
내 방어선을 흔든 죄
네 죄를 알렸다.

아무리 다리를 꼬며 용서를 빈다 해도
날 쏜 죄를 덮을 순 없다.
'내 피가 흐르고 있다' 하니 감안은 할 터
어찌 몽둥이로 짓이기랴
파리채쯤으로 하지.

비참하지 않게 자존심은 지켜 주마.
결국, 한방에 보낼 살충제를 택해
칙- 뿌리고야 마는
내 빠른 "모"씨 사냥.

"모"씨야 이해하렴.
네 편에 두 번 당할 순 없지 않니!
그렇지만 생을 끊은 터라
묵념을 했다.

알아야 한다

별난 관심 속을 깊이 딛다 보니
정한 깨달음으로
기존의 맘을 뒤집어야 할 때가 왔다.

일상에서 나태함을 벗을 땐
약이 되는 땀과 청정함을 품는
활기론 생활을 얻게 됨이다.

밝고 시원한 평안을 누리며
즐거움을 지니고
삶을 사랑하고 싶다.

그 삶을 사랑함에도
희망을 좇아 편안함을 누리련다.
더 열린 고차원의 길을 열련다.

눈으로 보기는 직관과 통찰력으로,
듣기는 외이外耳, 중이中耳, 내이內耳를 귀가 있듯이 들어야 한다.
"상대가 전하는 말이나 안에 감춘 말,
차마 말하지 못하는 말도 들어야 한다."
깊이 눈뜨고 세심한 배려와 따뜻한 관심과
포근히 안아 주는 사랑과 끝없는 인내.
매력을 지닌, 호감 가는 사람은 그것을 알고 있다.
순수함과 겸허함을 지닌 사람은 아름답다.
"미안합니다."
"고맙습니다."
"감사합니다."
"사랑합니다." 말을 합당한 때에 할 줄 알아야 한다.

일상에서 만나는 이들에게 좋은 느낌을 전하고 싶다.
잘 되지 않지만 마냥 바꿔 가고 싶다.
그래서 힘과 호감을 주는 언행을
은연중에 드러낼 수 있다면 얼마나 좋으랴.
애써 연습하여 나를 바꾸어 가고 싶다.

6

일상에서 얻다

시간의 문틈으로 세상을 보며

성실한 열정 뒤에 말없이 감춘
생의 문을 열면
밝고도 환한 길은
어디쯤에서 고운 빛을 발하게 될까.

사람답게 살려고 바쁜 일상-
힘이 들어도
무너지지 말자 다짐한
울지 않고 인내한 코끝이 맵다.

빼앗으려는 자와
빼앗기지 않으려는 이의
일상의 싸움 또한 처절한 법이니
모르는 듯 편안히 살고 싶다.

아침 이슬 닮은 싱싱함을 열어
고운 생각을 품도록
맑고 편안한 길을 열어 가야겠다.

팥을 따던 날

추석 무렵 팔월 땡볕 속
밭이랑에서
더 높은 이랑이 되신 어머니!

아흔을 넘어서
어렵고 힘든 일을 '쉬시라' 권함에
'움직임이 사는 것'이라며
한사코 손사래를 치신다.

오랜만에 외로움을 풀어 드리며
곁에 팥을 따는데
까시라기가 팔에 밝혀 땀띠나 듯 붉다.

가끔 팍팍 틔며 비산하는 팥알들이
내 팔을 닮았다.
"어머니, 힘들지 않으세요?"
여쭤보는 내 언어엔 단내가 난다.

일을 마감하고
어머니랑 비탈길을 조심조심 걸어 내렸다.
왠지 코끝이 매웠다.
어머니의 힘없는 걸음이 위태한 듯했다.

불로 타는 보고픔

그리움의 항구에 배를 띄우고
출항을 준비하는 난
알 불알 같이 따뜻하고 몽실한
따뜻한 얘길 들추지 않을 수가 없다.

고향에의 기억이
안에 통해 있다는 걸 알게 된 날
삼 겹 마닐라 로프 인연이
푸르디푸른 고향에 있음을 알았다.

박꽃이 피고지고 어우러져
뭉클한 정으로 피던 그 옛적 젊은 날
지성이 가득한 아씨와
맘이 옆에 꿰지 못했음이 도드라졌다.

역마살 낀 인생같이
흔하디흔한 연애마저 열지를 못했던
한 이름이 풀잎같이 무성하다.
불로 타는 정인 양 봇물 터진 보고픔이다.

인생을 위하여

어떤 일이나–
중심이 녹아질 만큼
몸부림치는 노력 없이 무엇을 이루랴

몸도 마음도 흐트러지지 않는
색다름으로 볼 발상 전환과
꿈 향한 도전의
놀라운 기쁨 돋울 튄 삶을 살리라.

하루하루 꿈꾸고 도전하며
일일학日日學*
일일신日日新*
일일진日日進*의 삶으로 전진하되
전심전력으로 살련다.

빛을 위해 잔잔한 기쁨이 충만하리라.
오직 뜻은 하늘에 두고
미치면 돋울
성실함으로 내 길을 가야만 한다.

* 일일학: 날마다 배움. * 일일신: 날마다 새로워짐. * 일일진: 날마다 나아감.

발상 전환

비록 고난과 아픔이 앞을 막아도
개인 성 가꿀 집념으로
이를 악물고 최선을 다해 다시 뛰면 싶다.

변화는 천천히 늦게 오리라.
그래도 복된 노력으로
부단한 벽을 뛰어넘고 싶다.

삶을 바꿀 발상 전환의 큰 자극으로
새 개념에 나를 쏟고
새로운 역사에 이루도록
큰 꿈 성취를 위해 노력을 해야겠다.

그대가 곁에 있을 때

그대가 곁에 있을 때
꿈은 왜 그리 곱고 아름다운가.
무엇이든 세상을 다 얻을 것만 같다.

달도 별도 태양도
심연에 노래가 된 호호 하하 시절
반딧불 모아 어둠 밝히듯
그대는 설렘을 연 동반자로 왔다.

그 무엇도 폐물일 순 없다
미소 짓는 그대가 곁에 있으면
늘 만족함으로 웃고 살련다.

어떤 고난도 고난이 아니요 고통이 아닌
등불 밝힐 맘으로
난 늘 기쁨과 따뜻함을 두어야겠다.

생각의 깊이

인생살이를 할 때에 안달하며
느긋하지 못한 조바심은
날 깨듯 버리련다.

힘들고 어려울수록 맘에 여유를 두고
이겨 초월하지 못할 것이 없도록
애써 지혜를 넓혀야 한다.

이웃을 품지 못한 가시가 튀어나와
불쌍한 나를 찌를 때
깨우기 위해 오는 아픔인 것을-
왠지 그걸 몰랐다.

따뜻한 마음을 펴
말갛게 껴안는 소박한 길을 두고
맑고 진실한 삶을 살련다.
환하고 맑은 길을 가련다.

그때 그 시절에는

온몸이 지쳐 다리가 휘청거리고
뼈와 살마저 힘겨워 꽃잠을 두다가도
「애야-」 부르시면
「예」 하며 급히 가던 새댁들이 떠오른다.

단아한 모습들이
별빛 초롱초롱
불 밝히듯 떠오른다.

집집마다 동지팥죽을 주며 가듯
소박하고 맑고 고운 삶들이
귀한 보물 같이
기쁨으로 솟아오른다.

곱고 선한 인성과
마냥 가슴 따뜻했던 그 정경이
정결하게 핀 꽃으로 곱다.
눈부시게 곱다.

어느 산골에 드니

눈에 든 자연의 빛들이
안에 들어와
어깨 두르며 깔깔대고 웃는다.

황혼을 딛고 저녁이 오자
별 초롱한 곳마다 은은함이 넘쳐
그 옛길을 열어 본다.

어린 날 시골집 와상에서 보았던
밤 하늘빛이 떠올라
맑음에 흠뻑 취해 본다.
맘까지 맑아지던 시원한 봇물이다.

벌레들 노랫소리도 기쁜 하모니로 들리듯
모든 일들이
그렇게 맑은 별천지면 좋겠다.

인사를 잘해라

얼굴에 싱그러움이 돋게
환한 얼굴로
상대가 미소 짓도록 인사를 잘해라.

가깝든 멀든
받든 아니 받든 인사를 잘해라.
누구에게나 낮은 자세로
해바라기* 모양 인사를 잘해라.

어릴 제 가친께서 주신 말씀
그 말씀이 새롭다.
아아, 다시 나를 깨워야 한다.

호감, 첫인상은 만나는 순간에 열린다. 어린 날, 아버지는 내게 인사를 잘하라 하셨다. 인사를 않음은 부모를 욕 먹이는 일이라 하셨다. 그래서 고향에선 더욱 공손히, 밝게 인사해야 했다.

* 해바라기는 해가 움직이는 방향으로 꽃이 움직임.

눈치, 바람에 날리며

너무 성급치 말자.
때론 행함이 무너진다 해도
아직 오지 않은 일을 염려하며 속 탐은
쓰디쓴 고통일 수밖에 없다.

우아하고 힘찬
지적 풍성함에 담빡 취하듯
어리석음은 벗고
한껏 배움과 행함에 힘써야 한다.

황량한 길을 눈치 채지 못하였더냐.
갈수록 비천한 삶은
힘겨운 땅에서도 영혼을 틔워야 한다.

확신에 찬 강한 날 키우고
무심을 연 신실함이 드러나도록
오늘 현재엔 성실히 가야겠다.

촉감

자극으로 오는 찔림에
더욱 편안하도록
잠든 날 깨우면 좋겠다.

성취함이 강한 몸부림이라면
애써 얻는 만큼
맑고 선한 일은 얼마나 아름다운가!

비로소 어렴풋한 허상을 벗고
생기 찬 결단에
트인 빛을 쏘고픈 것이다.

꽃이나 별이 된
집념의 끝엔 환한 빛이 열릴 것 같다.

뒤안길

몸을 쏘는 아픔이 한층 가벼워졌다.
응어리진 생각이 켠 불로
말없이 태운
허한 속이 씻기어졌다.

헛기침으로 열든 마음을 식혀
쓰디쓴 감각
안타까운 고통을 지웠다.

깨달음이 뭉개졌던 곳에도
다시 햇살이 돋고
환히 열린 기쁨이 진하길 원한다.

알게 모르게 연 잘못된 길은
튄 생각이 부족함이라
다시 진솔하고 새롭게 길을 띄워야겠다.

느낌

놀라움뿐인 깊고 큰 느낌과
귀한 만남으로 얻는
새로운 길을 가고 싶다.

엄청난 자극으로 오는 말에도
아무렇지도 않는 양
새롭게 가는 불타는 삶을 열자.

평안과 기쁨을 위해
새로움 가득한 느낌을 두고 싶다.
편안한 맘을 두고 싶다.

숲길

조용하고 맑은 울림과 느낌이
깊은 숨결로 와
아늑한 적막을 깨우고 있다.

깊고 아프게 찌르는
날카로운 사람의 말들이나
지닌 아픔마저
맑고 푸르고 싱그러워진다.

어둠이 없는 곳에 이를수록
귀한 생각이 돋고 활력이 넘쳐나
마음이 곱고 편안하다.
삶의 길이 소박하다.

내 삶을 딛고 걸을 때

몸을 헛되게 쓰지 말자.
언젠가 질 끝을 알진 못하나
살길이 정해진 삶인 것을 알자.

길은 아프게 딛지 말고
현재의 일을 어둡게 만들지 말자.
소풍 길이듯
마음 편한 생각이 돋게 살자.

빛을 틔우거나
진실하게 걸어가는 길이면
멋진 삶이 될 터!
영혼이 밝은 화려함을 열고 싶다.

뛸 듯 기쁜 생각과
치열한 열정을 열고 싶다.
섬세히 돋는 꽃을 피우고 싶다.

자투리 시간에

버리기 쉬운 자투리 시간도
값진 시간임을 알고
허망치 않게
맑음과 배움의 열정을 채우련다.

오늘 현재를 곧게 살려 애쓰고
알 수 없는 순간에
이 세상을 떠남이 내 생임을 깨달아
늘 편안하고 값지게 살리라.

깬 생각을 품어
덧없고 헛된 것들을 버리고
서정과 낭만을 깐 귀한 삶을 누려고 싶다.

자투리 시간도 소중한 것이요
작은 것도 귀한 것임을 알자.
얼마나 아까운가.
운명적인 길은 언제나 내 안에 있다.

복된 길 가도록

아름답고 선하게
찬란한 물결 이룬 사랑으로
발전과 희망을 노래하는 이여!

다시 한 느낌표를 새겨다오!
꽃을 피우고
환한 길을 열며
진실한 인생을 이룸이 얼마나 좋으랴.

깨어나라!
자연스럽고 순수하며
진실함만 짙은 깊고 넓은 생각을 지닌
사람다운 사람은 멋진 사람이다.

그 길이 열리게 맑게 깨어 보자.
복된 마음을 열고
평안한 마음으로 곱게 살자.

숙명적인 만남

귀한 느낌이 스미어 올 때
우린 큰 인연인 듯
각기의 이름을 감지해 버렸다.

첫눈에 네가 눈부시던 날
전율로 온
넌 조용히 나를 차지하였다.

맺어 준 인연은 그냥 된 것이 아니다.
큰 선이 열린
귀한 생명의 길이었다.

아닌 듯해도
그분 내 주가
생명 되신 큰길을 열어 주신 일이다.